유준희 시창작집

오늘

유준희

유준희 시창작집
오늘

초판1쇄 인쇄 | 2017년 6월 15일
초판1쇄 발행 | 2017년 6월 15일
ISBN | 978-89-6706-321-4   03180
펴낸곳 | 도서출판 그림책
주 소 | 경기도 수원시 영통구 이의동 웰빙타운로 70
전 화 | 070-4105-8439
E - mail | khbang21@naver.com
지은이 | 유준희
제작 및 편집 | 도서출판 그림책
표지디자인 | 토마토

유준희 시창작집

오늘

유준희 시창작집
오늘

47년 전
먼 길을 걸어 다녀야 했던 등교길
그 길엔 나의 꿈도 함께 따라다녔습니다.
일기장엔
잘 표현하지도 못 하는
글로 채워졌고
시간이 지남에 따라
글을 쓰고 싶다는 꿈을 꾸게 되었습니다.

25세에 결혼과 함께 꿈은
내면 깊은 곳에서 잠을 자고
결혼생활의 고단함이 나의 꿈을 깨우지 못했습니다.

그 시절엔 누구나 그러하듯
고단한 결혼생활과

표현하지 못하는,
내뱉을 수 없는 마음을
글을 쓰며 울고 글을 쓰며 웃었습니다.
글 속에 나의 곤곤한 삶이 배어들었고
나이 60이 넘어서야
드디어 소녀때의 글을 쓰고 싶다는 꿈을
이루게 되었습니다.

모두가 즐겁고 슬픈 날이
있을 것입니다.
그럴 때마다 다 풀고 살 수는 없습니다.
조금씩조금씩
기쁨이나 즐거움, 아픔이나 슬픔을
자신의 글 속에 불어넣는다면
자신의 삶을 글로 승화시킨다면
아마 자신의 삶에 있어서
자신이 걸어가야할 삶의 길을
잃지 않으리라고 생각합니다.

유준희 시창작집
오늘

오늘

하루 안에

5월 안에 7월이 와 있다
하루 안에 초봄도 한여름도 들어있다

옆집 담장 장미송이 아름답고
하늘은 맑아 바람도 신선하다

5월의 파란 하늘 창문 넘어 들어오니
마음의 창을 열어 소통한다

5월 안에 7월이 와 있다
밤낮으로는 차가운 기운이
한낮에는 뜨거운 열기가…

그리움

그리움이 머물다 간 자리
촉촉이 젖은 자리여라
그리움이 놀다 간 자리
수많은 사연 엮어놓은 자리

그리운 사람 그리워하며
서성이는 창가에
가로등 불빛 멈추고
발걸음소리 대문 밖에 기대서면
이슬 내리는 새벽이어라

그리운 사람

저 넓은 바다에 홀로 있는 배야
파란 물결
억센 바람
그리운 사람은 어느 곳에 모셔놓고 오시느뇨

묵묵히 그리움 끌어안은 너
푸른 물결 위 청량한 바람
그리운 사람 소식 한가득 싣고 오시는가

이제는 눈가에 아지랑이 피어나고
가물가물 멀리서 보이는 듯
손 흔드는 늙은 여인이어라

초여름 밤의 전설

그리움 밀려와
여인의 가슴에 머물고

초여름 풀냄새 스멀스멀
뜨락까지 찾아드니

뒷산 소쩍새
소쩍다 전설의 울음

삶이 서러웠을 옛 여인들의
고단한 삶이 전해오네

내 어머니가
어머니의 그 어머니가
어찌 그리 사셨을까

항상 부족함에
곯은 배 움켜쥐고
생을 마감하매
소쩍새로 환생하니

굶주린 한 풀지 못해
소쩍다소쩍다
밤마다 주린 배 움켜쥐네

속앓이

나를 속이고 있었다
혼자가 좋아

그래 너희만 행복하게
잘살면 되는 거지

괜찮아하고
날 들여다보면
속앓이를 하고 있었다

누구는 욕심이라 말한다
그리움인데

괜찮아 속에
배어있는 그리움과 외로움

바쁜 중에도
괜찮아 속의 그것들은
가슴 한켠에서
속앓이를 하고 있다

노을

오늘의 고단함 끌어안은 태양의 후예
황혼의 빛으로 녹아내리는 저녁 그림자…

오늘도 감사함에
한그루 소나무 흔들릴 때면

아무렇지 않은 듯
물 밖 나들이 자갈돌 행렬

물속 그림자 하루를 장식하고
아름다운 노을에
내일을 묻네

여여한 맘으로

우리 가끔 하늘을 봐요
지난날 심어둔
꿈이 살아날 수 있게
우리 가끔 뒤 돌아봐요
걸어온 지난날들이
아프지 않게
우리 가끔은 마주보기로 해요
사랑의 시선으로

웃음 보낼 수 있는
여여한 마음
나이듦의 특권인가 합니다

낙엽

바람이 모아놓은
낙엽의 반란

커다란 싸리비 끼워 달라
심술부리니

아늑한 쓰레받기 위로
우르르 몰리어 간다

훗날 예쁜 꽃으로
달콤한 향기로
빛내려고

19

밥상

고추장, 양념된장에
상추, 쑥갓, 케일 등의 쌈에
구운 김, 양념간장, 혼곡밥

자유 밥상
자유 시식

비록 부실한 밥상이지만
나만의 자유가
밥상 위에 있으니
행복한 밥상이려네

밥 한술에 상추 두 잎
맛난 된장에 양념간장
그리고 고추 하나

자신에게 보내는 사랑까지
꼭꼭 싸서 입속으로 넣는다

세월 먹은 삶

모두를 감싸 안을 수 있음이
나이듦이다
모두를 어우를 수 있음이
나이 듦이다
나를 내려놓을 수 있음이
나이듦이다
다른 사람의 말을 들어줄 수 있음이
나이듦이다
보듬을 줄 아는 어른으로 살아가야
진정 나이듦이다

꽃향기

아카시 향기,
라일락 향기
코끝에 머무니

숨소리 또한
사람이 내뿜는 향기인가 하려네

동네 아이들의 웃음 가득한 놀이터
그네 위에 앉은 그윽한 향기

돌담 넘어 흘러나오는
옛 사람들의 향기인듯 하여라

바람이 전하는 향기

꽃향기 바람이
코끝에 전해지고

덜컹덜컹 창문틀
애잔한 숨소리

바깥마당 회오리
용솟음하니

중간에 발 묶인
가녀린 꽃향기

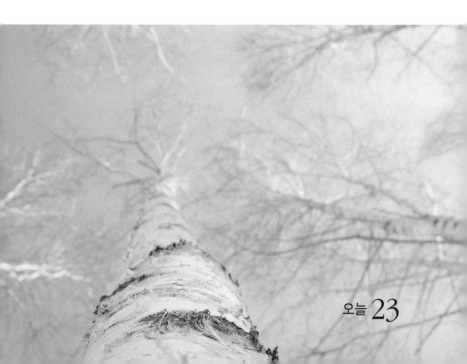

외로움

외로움은 아이나 어른이나 늙은이나
함께 하나니
외로움은 없는 사람이나 있는 사람이나
항상 같이하는 친구

외로움은 친구가 많으나 없으나
언제나 느끼는 일상

외로움은 친구
생을 같이 가는 동반자
그래, 가진 것이 많다고
항상 행복하고 즐겁기만 하랴

아버지

쓱싹쓱싹… 야무진 소리
싸리비 구석구석 쓰레질한다
전화기 넘어 들려오는
비질하는 소리…

그 옛날 새벽녘 눈 쓰시던
아버지의 모습…
그리운 그 날이
이 아침 마음에 찾아든다

쓱싹쓱싹 싸리비
안마당 쓰는 소리

2017년 5월 9일의 소묘

가슴이 미어지는 날
흐느낌의 한숨과
토해내는 가슴이 자지러진다

괜찮아 다 잘될 거야
최선을 다함에 위로해 보지만
매스컴의 목소리가 마음을 후벼 판다

라보레무스
어느 님을 따라 해본다
흉내에 지날 뿐
여전히 아픈 마음이다

느낌

우린 만나기도 전에
이미 알아버렸다

그의 진솔한
삶을 부끄럼 없이
적어 놓았고

그 진솔한 삶의 굴레가
가슴으로 파고들었다

그렇게 가까워지고
쿵쾅거리는 가슴을 느끼고
삶의 진리를 느끼며

소탈하게 무엇을
더하지도
빼지도 않은 진솔함

우린 어쩌면 느꼈을 게다
정이라는 이름으로

그리고
사랑이라는 이름으로
오늘과 내일을
살아낼 것이다

부모

자식이 제 자식을
예뻐하는 걸 보니
마음이 찡하다

그 자식으로 인하여
행복한 일만 가득하길

언제나 자식 생각하면
가슴이 저려온다

더 잘 못 해줘서
지금 잘 살아줘서

예쁜 살림
다독다독

기특하고 대견하다
아직도 아가 같은데

아빠가 되어
처자식을 보살핀다

바람

바람이 알알이
영글기 전에 솎아낸다

수북이 떨어진
꽃 꼬투리

될 놈, 안 될 놈
미리 손본다

바람이 농부의 손길을 덜어주시는가?
나무의 힘겨움
살펴주시는가?

아침

구름 속 태양
애써 뚫고 나오니
환호의 탄성 빛으로 퍼지매

물과 하나 된 물오리
아침 목욕 즐길 때
물속 친구들 숨어서 키득키득

불어오는 실바람
아침 향기 실어 전해주고
둑길의 유채꽃 오늘을 반기네

버드나무 홀씨

나무의자에 앉아
온몸으로 바람과
자연의 향기를
품어 안는다

흰 눈이 머리 위로
내려오니
능수버들
홀씨 되어 날으는가

반기는 이 없어도
버들의 홀씨는
애써 춤추며 나르고

다른 바람 불어와
마른 가지 흔들면
우아… 소리치듯

당당하게
날아와
콧속을 간지럽힌다

난타

숨어 하기 아니다
어차피 할 거라면 앞에서 당당하게

난타, 공연시작
순수한 떨림은 어디 가고
무대 한복판
신이 나서 두드린다

쿵딱쿵딱
흥겹기도 하지
쿵딱쿵딱
힘 있게 두드린다

산비알밭

넓은 산비알밭
오월의 자리매김

고추 포기
줄 맞추어 꽂아지고

산비둘기 이쪽저쪽
구구 구구 노래하니

메워지는 붉은 황토밭 이랑
사이사이 농부의
숨결이 흐른다

아침인사

창문 열어
아침 공기 맞이하고
재잘재잘 새들의 노래소리
덤으로 받네

안마당의 강아지는
반가워 몸둘 바를 모르고
아침밥을 주니

살랑살랑 애교로
속내를 보여주네

커피 볶는 집

커피 볶는 집
구수한 냄새가 유혹한다

온양 시장 한 바퀴
옷집 과일가게 생선 파는 집
발길 멈추는 모자가게

여기저기 여유로운 발걸음
돌아돌아
다시 커피 볶는 집

아, 이 향기
나의 마음 유혹하니
어찌 그냥 스치리오

향기와 맛
내 안에 퍼지니

또 다른 나
이곳에서 노는구나!

오늘을 산다

오늘을 산다
부끄럼 가득 안고
오늘을 산다
약간의 실수를 감수하고
오늘을 산다
못남의 아쉬움 뒤로 하고
오늘을 산다
욕심은 저 바닥에 묻어버리고
오늘을 산다
사랑 한 꾸러미 전해줄
마음으로…

밤의 여인

밤이 내립니다
여인의 마음도
흘러내립니다

아파서
슬퍼서

송두리째 젖어 듭니다
좀처럼 마르지 않는
이끼처럼

밤하늘 은하수는 흘러도
아름다운 것을

여인은 조각 배 하나
은하수에 띄우고
슬픔과 아픔을 태워
흘려보냅니다

사랑의 열병

열병을 앓고 있습니다
사랑의 열병을…
누구나가 말합니다
쓸데없는 것이 사랑이라고…

아마 상처를 받았나 봅니다

속앓이를 하고 있습니다
못난 속앓이
남들이 말합니다
세월이 약이라고

아마 그 병을 앓고있었나 봅니다

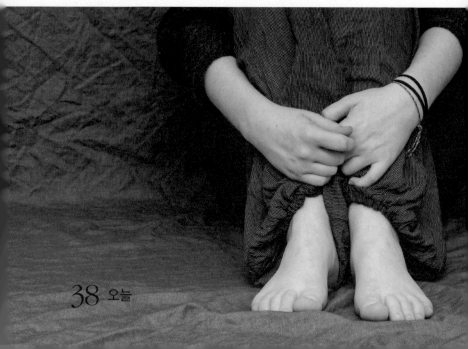

아픈 여심

오후 햇살 내려와
여인의 맘 살펴주고

처진 맘 애써
부둥켜안네

울고 싶은 심정
바람소리 되어
날려보낼까

한숨소리
휘파람으로
들려나 줄까

여심의 아픈 마음
반짝이는 구슬 되어
얼굴을 덮네

관계

양다리
모른 채 묻어 둘까

양다리
그냥 잘라버릴까

양다리
괜찮아 인정할까

받는 상처는 내 마음
그와는 상관없는 일

괜스레 상처받고
아파한다

그러라고
말한 적 없는데…

침묵

한낮의 열기가
밤의 고요함으로 찾아와
또 다른
마음의 열기를 일으킨다

낮은 왜
밤은 왜
연민은 왜

고요함이
쓸쓸함으로

쓸쓸함이
외로움으로

스무 사흘날의 밤은
으스름 달빛도 잊은 채
어둠으로 남아있다

새벽녘 으스름 달빛이
찾아 올 때까지
무거운 침묵을 가운데 두고
그렇게…

볏짚 향기

벼 베어진 논엔
찬 기운이 찾아든다
미꾸라지 수렁 속으로 피신하고
풀어 놓은 씨암탉
논바닥을 헤질레라

재잘 재잘 아이들 놀이터에 뛰어 놀 때
찬바람은 그 언저리에서 넋을 놓고 바라보네

벼 베어진 자리 볏짚 향기 남아
사람들 초대하여
자기 향기 담아가라 선심을 쓰네

조각달

황홀한 밤하늘
조용한 시냇가 산책길

조각달은
내 영혼을 고용함 속에 묻었다

삐거덕삐거덕
산책로 운동기구
누군가 운동을 하고

저만치 밤바다 같은 하늘에
조각달 입꼬리 올리고
내려다본다

마음에 담고 싶은
밤 풍경이 아름답다 못해
애잔하기까지 하다

욕심쟁이

남들이 하지 않는 걸 하는
난 행복하다
남들보다 풍부한 감성을 가진
난 행복하다
남들보다 진취적으로 생각하는
난 행복하다
남들보다 친절히 말하는
난 행복하다
남들보다 정이 많은
난 행복하다

기대

슬픔이
볼을 타고 흐른다

기대와 실망이
자아낸 슬픔…

어느 무엇이라
단정하기도 전에
이미 생각은
저만큼 사라져 버렸다

다만, 야속함만이
머리에 가슴에 남아
눈물샘을 자극할 뿐

너는 내가 아니니까
나는 네가 아니니까

달빛 소나타

구름에 들락날락
달빛이 곱기도 하다

뒤뜰 구석구석
장독대 여기저기
달그림자 숨바꼭질할 때

담장 위에 들고양이
살금살금 기어가고
안마당의 아기 고양이
공놀이 즐거웁네

달빛이 청아하니
마음마저 고요한데
이웃집 저 개는
왜 저리 짖어댈까

마당 끝에 서 있는
가로등도 무안한지
달빛 등진 제 그림자
길게 밟고 서 있네

농심

바람에 비구름 몰려와
언덕 위에 머문다
삽질에 지친 농부
구름만 애타게 바라볼 때
바람 살며시 불어와
농부의 이마를 스치고
애타는 농부님
골 파인 손으로
삽질 호미질
땀방울 주르르
눈물처럼 흐른다

가을 소요(逍遙)

노랗게 익어가는 황금들판을
말없이 그냥 걷고 싶다

메뚜기 떼 뛰어오르고
방아깨비 날던 논둑길

논두렁 동부콩 익어가던
지금은 그립기만한
추억의 길

- 2016년 9월 20일 가을호수

밤하늘

난 밤하늘을 좋아 합니다
망망대해 같은
드넓은 검푸른 하늘에

반짝반짝 빛나는
별을 좋아합니다

시냇물이 흐르듯
쭈욱 펼쳐진
은하수를 좋아 합니다

송화가루 날리던 날
팔베개 하고 누워
별을 헤던 그때가 그립습니다

난 검푸른
밤하늘을 좋아합니다

북두칠성밖엔 몰랐던 때
안마당에 멍석 깔고 누워
은하수 쪽배를 그리며
꿈을 꾸던 그때가 그립습니다.

그리움은 사랑으로

물 안에 그득 차오름은
부푼 사랑의 그리움으로 일렁이고

가슴에 한가득 밀려옴은
해넘이 어미 찾는
송아지 같음이라

에헤라, 그리움도 외로움도
잔잔한 물결 속에 가둬두고

사랑의 씨앗일랑 마음속에 깊이
간직하려 함이네

나들이

마음은 봄 처녀
바람도 봄바람

몸은 이미 흘러간
세월이어라

그 세월 잠시 잊고
나들이한다

누가 본들 어떠랴
오늘만은 이미 잊어버린
세월인 것을

사랑은

사랑은 외로움
사랑은 그리움
사랑은 기다림

오늘도 몹쓸 사랑
가슴 속에 접어두었네

행여나 뚜벅뚜벅
사랑이 오시려나
자박자박 싸락눈
지려 밟고 오시려나
이만큼 기다림에
두 귀 쫑긋 차라리 멀어버렸네

신나는 음악소리 전화기에 울리면
'여보세요'
'후유우우'
잘못 찾아온 손님이었네

사랑은 기다림
사랑은 외로움

사랑은, 사랑은
몹쓸 가슴앓이.

전화기

드르륵드르륵, 다이얼 돌리는 소리
여보세요!
아직도 수화기 너머에서 들리는 듯하다
땡그랑 땡그랑
빨간 전화기통 동전 삼키는 소리
가슴이 뛴다

웅성웅성, 조그만 그 집 앞에
순서 기다리는 이들

아직도 들리는 듯 보이는 듯
사뭇 그립다

차 안에서

차는 오늘도 달린다
음악 소리 볼륨을 높이고

알지도 못하는 팝송에
끄덕끄덕 고개로 박자를 맞추며

핸들도 두드리고
흥겨운 몸짓으로
봄에게 화답한다

예전의 내가 아님을
고고한 척 도도하게

젊은 날의 나는
지금에 없었다

마치 자유로운
영혼이 된 것 같은 느낌

아직도 차는
음악에 맞추어
미끄러지듯 달린다

오늘도 자유로운 영혼이다.

하루

덜컹덜컹
바람은 나오라
문을 흔들고
덩달아 답답한
가슴은 뛰네

머리만이 참아라
다독이는데
손발은 왔다 갔다
갈피를 못 잡으니
이러다 하루해
다 가고 말겠네

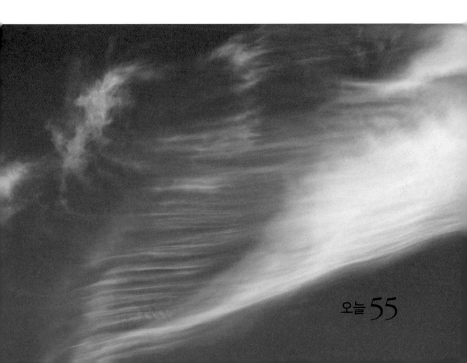

초저녁 부는 바람

사락사락, 싸락눈 내리더니
어느새 뒤 따라온 봄바람
싸락눈 안고 가버렸다

아직은 추운 바람
창문 흔들어
집안 속내 엿보고

키득키득
문틈으로 심술 굳은 찬바람
미련스레 들이민다

빠끔히

빠끔히 바람이
대문 안을 엿본다

삐걱, 그 바람
통째로 밀려든다

빠끔히 미닫이
마루문이 열린다

남정네 해우소 가는 길
멀기도 하려는가

빠끔히 건넌방
문 열더니

컴퓨터 앞
자판 두드리는
여인에게 꽂혔나

중얼중얼 남정네
입술이 간지럽다

어느 날의 느낌

살면서
살아오면서

나만의 인생인 것처럼
살아온 내 인생의 세월아

한 번 가면 다시 못 올걸
마음 부여잡지 못하고
왜 그리도 바쁘게 살아왔는지
이 나이가 되어보니 알겠더라
다 부질없는 것이라는 걸

내 몸 늙기 전에
내 마음 늙기 전에

좋은 사람도 만나면서
구름처럼 바람처럼
나 그리 살다가리

벚꽃 거리

어느 화사한
봄날 초입에서
여인의 맘
엿본 그대는 누구십니까

가누지 못할 만큼
휘청이던 여심의
맘 흔들어놓으신
그대는 누구십니까

흔들리지 않으리라던
여인은 흔들리고
아차
그대에게 기댈 뻔했던
순간도 있었습니다

고요한 여심의 마음 훔치려 했던
그대는 누구십니까

눈보라 치던 날

눈발이 날리더니
차가운 바람이 몰아친다

거리엔 낙엽이
이리저리 흩어지고

여인은 맘 둘 곳 찾아
끄적끄적 노트장을 넘긴다

찬바람이 찾아든 곳
아랫목 이불 속

방금까지 내리던
눈은 멈추고

바람은 나뭇가지 흔들며
윙윙 전선을 울린다

오늘도 그렇게 세찬 바람
속에 하루가 간다.

그곳엔

이슬 머금은 산길
낙엽 양탄자 깔린
고즈녁한 그 길을 오르노니
뎅그렁 뎅그렁, 그윽한 풍경 소리
산사에 울려 퍼지네

걷는 걸음걸음 절로
숙연해지는 중생은
깊은 곳에서부터
참회의 눈물이
고운 이슬 되어
두 볼을 타고내리네

빗속의 그림자

창밖엔 봄비가 내리고
이렇게 비가 내리는 날이면
외로움이 전신을 휘감아 오네

즐거웠던 지난날들은
출장 중이라는 팻말을 걸어놓고

아픈 상처 가득한
그 날들만이 성업 중이네

이렇게 부슬부슬
비가 내리는 날이면

덩달아 흘러내리는
가난한 추억들

두 볼에 흐르는 빗물이
눈물이 아니기를…

가을 농부

농촌의 가을 해는
짧기만 하다

해넘이의 쓸쓸함을
느끼기도 전에
해는 서산 너머로 숨어버렸다

고단한 하루만큼
창고도 채워지려나?

나락 베어 방앗간에 보내고
힘없이 들어서는 그 어깨가 안쓰럽다

그리움의 독백

어둠이 내리고 심란함과 그리움에
서성서성 안마당을 서성인다

저녁은 먹었는가?
그곳은 춥지는 않은가?
옆에 동료들은 잘들 계신가?

갑자기 북방의 안일함이 걱정되어
웅얼웅얼 막둥이에게 안부를 묻는다

편한 마음으로 저녁상 물리기가 미안한
어미의 독백

아들아, 내 사랑하는 아들아
잘하고 있겠지만
노파심에 다시 한 번 부탁한다네

내가 먼저 남에게 베풀면
그것이 곧 자신에게 베풂이 된다네

정신이 해이해져서는 안 되시네
언제나 내 욕심보다는 남을 먼저 살피시고
따스하게 손 항상 먼저 내미시게
그리고 항상 하는 말
피할 수 없으면 즐기시게나

호수의 하루

잔잔한 호수
획-,
낚싯대가 바람을 가르고
물속으로 하강한다

덥석 욕심 많은 놈
통째로 삼키고
순간 희열에 찬 강태공의
묘한 미소가 주르르 입가로 흐른다

가만히 보고만 있어도
잔잔한 물결
내 안으로 들어와
고요를 부른다

이따금
풍덩풍덩 물 속 고놈들
재롱질에
사랑의 빛 발산하고
때 맞추어
호수는 은빛 물결을 사방으로 보낸다

가을 들녘

햇살이 나락 위에 내려오면
소곤소곤 사르락사르락
나락 익어가는 소리에
짹짹짹 참새 떼들 신이난다네

황금들녘 메뚜기 떼
망아지처럼 뛰어 오를 때
방아깨비 어설픈 날갯짓 덩달아 뛰네

강아지풀 쭈욱 뽑아
메뚜기 등에 꿰는 사내아이들
신이 나서 논두렁을 헤쳐 날으네

빛바랜 불빛

전등 하나 우두커니
방 안
어둠을 흡수하고

도심의
불빛은 휘청거리듯

묘한 기류로
내게 다가와
말을 건넨다

마음의
네온빛 꺼진지 이미 오래

사랑의 빛 찾아
하나 둘 불빛 헤이고

차향기 찻잔위에 맴돌 때
그리운 사람을 그리워하며
오늘도 헤매인다

산사로 가는 길

이른 아침
나의 차는 달린다

탱고의 경쾌한 음악이 귀를 타고
감미로움에 벅찬 가슴은 뛴다

한줄기 태양이
산 아래로 내려온다

은석산 꼭대기서부터
태양은 서서히
안개를 걷어내고
논과 산들은 평온하다

이른 아침부터
나의 차는 산사를 향해 달린다

탱고 음악이 끝나고
가지런한 여승 엠시(MC)의 목소리가
나의 차에게, 나에게
우주 공간에 쉼 없는 찬사를 보낸다

기다림

대문 앞 서성이는 홀로 그림자,
열까 말까
웃는 아이 어디 갔나
슬픈 아이 기웃기웃
바람 삐거덕 대문 열면 그대 반겨 맞으련만
철커덕 빗장 거는소리 열리지 않으려나
혹여 바람이 전하는 말
귀먹고 멍들어 닫힌가슴
바람 들 틈 없어
그리운 사람의 소리 듣지 못하렴인가

마음일 뿐

지금 이렇게
슬프고 아픈 건

슬픈 음악이
있어서가 아니라

마음이
슬프고 아프다고
생각하기 때문이다

사랑의 속삭임

초승달 예쁜 눈웃음
창공에 걸리더니
사모하는 별님 하나
그 주위를 맴 도네

밀고 당기고
사랑스런 별님과 달님
밤이 짧아 아침까지
까만 밤 하얀 낮

소곤소곤
아름다운 사랑의 속삭임

밤풍경

어둠이 내리고
휘황한 불빛이
이 밤을 지배한다

거리엔
비틀거리는 사람
호호 하하 수줍은
앳된 학생들

커피잔을 앞에 놓고
고독을 즐기는 사람
앞날을 얘기하는 연인들

친구들의
숙련된 넋두리가
웃음을 자아내고

진심이야 어찌 되었건
언제나 건강한 삶의
질을 높여보자 목청 돋우네

위로를 끝으로
각자의 길로 흩어진다
내일을 약속하며……

또다른 나

영혼은 외롭다고
아우성…
육신은 귀찮다고
늦장을…

영혼이 흘리는 눈물
두 볼을 타 내리고
가슴은 숨이 막혀
두방망이질

외로운 영혼
달래주려
나서는 길

육체도 신이 나서
마음속 휘젓는 휘파람 소리

이렇게 오늘을 살고
이렇게 아픈 영혼 달랜다

고뇌

참 힘들다
안 살아본 세상처럼
참 힘들다
안 겪어본 일들처럼
나만 가는 길이 아닐진대
참 힘이 들다

나만의 향기

차를 타고
무작정 찻집을 찾아간다
명절이라 그런지
대부분 문이 닫혀 있다

한참을 달리다 눈에 들어온 찻집
그윽한 커피 향기와
남자 바리스타의 하얀 가운이
정갈하다.

드르르— 커피콩이 갈리고
쪼르르— 하얀 잔을 채운다
에스프레소보다 약한
아메리카노

경쾌한 음악이 찻집 안에 흐르고
블랙커피 한잔 시켜놓고
그 향기 가슴으로 머리로
내 안의 모든 것을 정화한다

열차 밖의 풍경 1

획획–
밀려나는 것들
멋진 빌딩도
아름다운 풍경도
열 차 밖 저 만큼으로 밀려간다

아쉬워 잡으려 하나
미끄러지듯
모든 것은 인생 밖으로 사라져간다

결코 잡히지 않는 것에
미련을 두지 말 것을
아쉬워하지도
애착을 갖지도 말 것을

다 놓아둘 것에
흔적 남기지 말고
예쁘게 사용하다가
감사하다 인사하고
제 자리에 남겨 놓은 채
떠나 갈 것을…

새벽 열차

덜컹덜컹, 새벽 찬바람이
창문을 흔들어댄다
방금 호남선 열차가 지나갔다

열차 안에는
여러 가지 사연들이
꿈을 꾸며
저마다의 이야기가
웅성웅성 소곤소곤
앉아있는 이들의
사이를 오가겠지

- 2016, 11 21 새벽

다행이다

오늘도 하루가
신나게 웃고
거침없이
불어 젖힐 수 있는 곳이
있어서 다행이다

나팔소리로
박수 받을 수 있는 곳이
있어서 다행이다

내 부모님 대신 뵐 수가 있는
어르신들 있어서 다행이다

오늘도 행복의 삶이 있어서
다행이다

- 요양원 봉사를 다녀와서

동창생

부슬부슬 비가 내린다
아직도 마음만은 청춘

식당에서 얼큰한 취기에
용기를 얻었는가
삼삼오오 아줌마 아저씨 아니 할미 할배들이
비를 맞고 거리를 활보한다

노래방에서 목청 돋우고
한바탕의 신들림이 끝난 후
초등동창생들의 만남은
즐거운 시간이다

기다림

기다림이란
희망이기도 하지만
무료한 멀미와도 같다

전등불 방안 구석구석
밝히지만

정작 좁은 내 마음속엔
빛이 전달되지 못한다

아까부터 들여다 보고
신호도 보내고
그러나 대답은 없다

메아리처럼 되돌아오는
톡톡톡 자판 두드리는 소리만이
공허한 마음을
채우려 안간힘을 쓴다

열차 밖의 풍경 2

휙– 휙– 전깃줄에 묶이어
끌려가는 전선주
열차가 정지하면
덩달아 쉼한다

휙– 휙– 바람이 안고 가는
산들의 여여로움

그 바람 맞으러
나도 따라간다

- 2016년 12월 12일 열차 타고 가는 중에 창밖을 보며

새벽 창가에서

새벽 잠에서 깨어
창문을 여니 알싸한 상쾌함이
와락 내 품으로 파고든다

서쪽하늘 별님하나
수줍게 내려다보고
아까부터
날 기다리고 있었나보다

얼어 버릴 것 같다
새벽 찬 공기와
격한 인사를 나누었나보다

동창 모임날

흰 눈이 펄펄
바람은 쌩쌩

인적이 끊기고
자동차만이
바쁘게 지나다닌다

초등동창모임
모두 나왔다

그 나이에
그래도 사내라고 마누라 타령
아직은 여자라고
새침을 뗀다

내 차가 밖에서 기다리고 있으니
알콜 밀어내고
내숭쟁이 더 내숭을
2차로 찻집
모두 내 주장 강하고
못 들은 척
나만이 글쓰기에 바쁘다

고요 속으로

쥐 죽은 듯!
아마 이런걸 두고 한 말일 게다

나의 숨소리조차
들리지 않는 듯한 곳

조그만 네모진 방
TV도 시계도 없다

허름한 옷걸이에
허름한 옷 몇 벌

물을 끓일 수 있는
주전자가 고작

그러나
행복을 느끼는 건

글이 있기 때문
글 속엔
사랑하는 님도
보고 싶은 친구도

그리고
나의 모든 꿈이 다 들어있으니까

나만의 공간

아름답고 때로는 무거운
나의 집이 있었다

슬픔도 기쁨도
다 토해낼 수 있는 공간

누군가 월담을 했다
처음엔 호기심에
아니면 생각을 같이 할 수 있을까?
하는 마음에

지켜보기로 했다
나만의
생각이었다는 걸 알았다

미안하게도
강제로 내보내고 말았다

이제는 기다리지 않아도
된다 예쁜 집에는
나만 있다는 걸
나에게 깨닫게 해줬으니까.

바다가 보이는 집에서

바다가 보이는 집에서 아침을 연다
철썩철썩 파도 소리 들리는 집에서
오늘을 연다

향기인 듯 비릿한 바다내음
바람의 인사 창문 열어 손을 흔든다
창가에 기대서서 멀리 바다를
바라본다

기다리는 사람이 있는 것도 아닌데
그냥 바다향 그리는 여인이어라

조건 없는 외로움

외로움이 밀려오는 건
캄캄함도
아무도 옆에 없을 때도
아님을 알았다

외로움의 여신은
오늘도
시험대에
나를 올려놓았고

그 시험에 난
걸려들고 말았다

그리움

어둠이 내린다
뒷산에도 안마당에도
서로의 마음엔
외로움과 그리움이
밀려온다

조금은 시원한 바람이
가을벌레 소리와 함께
나의 창가에 서성인다

그냥 막연한 연민인가
창밖에 흔들리는 나뭇잎 하나
내 마음의 설렘이런가

가을벌레 소리

아직은 덜 익은 새벽
창틀 위에 선풍기는 돌아가는데

뒤뜰에선
가을 풀벌레 울음소리

잔잔히 이슬 맺힌 풀위를 구른다
또르르 또르르

새벽녘 잠에서 깨었다
분명 가을 소리다.

휴가란

뒹굴뒹굴
이런 것이 휴가다

멀뚱멀뚱
이런 것이 휴가다

깨작깨작
끄적끄적

몸 편하고 맘 편하면
이런 것이 휴가다

휴가는
쉬면서 즐기면 되는 것을

뭘 더하겠다고
자신을 들볶는가?

휴가 때는
나 하고 싶은 것만 하자

몸 편하고 맘 편하게
그리고
조금은 나태하게

날고 싶다

내가 대범하다면
혼자 걸어가고 싶다
다리가 건강하다면
뛰어가고 싶다
내 몸이 혼자라면
무언가에 미치고 싶다

열심히 더 열심히
마음에, 생각에
채찍을 휘두른다
몸은 이미 다
낡은 운동화 같은데…

기다림

새벽녘 후드득후드득
비가 오나 싶더니
빗방울 몇 번 던져줬을 뿐

언제 그랬냐는 듯
이내 태양이 솟아올랐다

지루한 차소리만
큰길을 가르고
연무 낀 풍경이 답답하다

졸린 듯 새소리 잠잠하고
버드나무 매미 소리만이
기우제로 어지럽다

참깨 꽃 목말라 늘어진 채
하늘바라기 애가 타고

내일은 빗님이 오시려나
예전엔 몰랐던
기다림을 하고 있다

산책로에서

개천가 산책길에 황홀한 밤하늘
개천 물속에 달님 있고
달님 속에 나의 영혼 담는다네

삐거덕삐거덕
산책로 벤치에 누군가 앉아
사색에 잠겼느뇨

저만치 밤바다 같은 하늘에
초승달님 내려다보니
밤 풍경의 애잔함이
나의 맘을 사로잡네

비구름

어둑어둑한 낮
도저히 불을 켜지 않고는

쏟아내라 쏟아내라
주문을 왼다

한바탕 소나기라도
쏟아내면 좋으련만

내 마음도 농부의 맘도
애타기는 마찬가지

큐피드

큐피드에 화살은
그녀의 심장에 꽂혔다

선택한 하트의 핏빛
흥건히 자리에 굳어버리고
서서히 고개 들어
서툰 손짓 허공을 헤맬 때
큐피드 촉은 더 깊이 파고든다

화살에 자기 심장 내어준
여인의 발등엔 혈흔보다
더 짙은 붉은 하트가 낭자한다

서울 나들이

벅찬 가슴 들뜬 마음
시간까지 착각하고
1시간 먼저 나왔네

기다림의 미학
설렘이 기쁨이네

서울 나들이 초행길
오늘 용기 좋은
나로 변신하는 날

두근두근
온양 출발이라는
전광판에 불빛이 들어오고
3분 후면…

아! 드디어 도착

설렘과 기대는
나의 몸과 하나 되어
전철에 몸을 싣는다

초승달

비 갠 밤하늘에 초승달 간다
새털구름 날개 삼아
초승달 간다
보일락 말락 수줍음 감추려
새털구름 속에 숨어서 간다

앙증스런 작은 초승달
길 가다 말고 렌즈에 담으려 멈춰 서면
어느새 구름 속에 숨어버리고
돌아서면 저만치서
새털구름 벗 삼아
초승달 간다

비가 오는 날

비닐우산 받쳐 들고
터벅터벅 길을 걸으니

빗방울 후드득
비닐우산 노크하는 소리
마음에 들어차고

어디로 갈까
막상 길을 나서니 갈 곳이 없네

둑길을 걷자
넋두리 쏟아내는 곳

실개천 물소리가
모두를 흡수해
맘 편케 하는 곳

퐁당퐁당
빗방울 물 위를 가르듯
하늘의 넋두리
감싸 안고 흐른다

개구리소리

해는 지고
어둠의 그림자가 대지를 엄습하니
개구리 소리 더욱 청아하다

개골개골
비가 온다더니 더욱 열정적으로
소리 높여 운다

후덥지근한 공기가 집안 가득하고
답답한 맘과 몸
창문을 열었다
개골개골, 소리가 정겹다

열매 맺기

비바람에
떨어진 낙엽
담장 한 귀퉁이로
쓸려 가더니

비에 젖어
흐느적흐느적
흔적도 없이 사라진다

한때는
화려했던 꽃들도
작은 알갱이로
자리를 매김하고

힘없는
모양새로 그 자리를 내어준다
결과야 어떠했든
현실은 아프다

안부

밤새 잘 주무셨는지
부는 비바람에 마음이
시리지는 않았는지

갓 피어오른 정원의 꽃잎도
고단한 간밤이 되었을 듯 싶네

아직 잠들지 않은 바람
봄바람이라 하기엔
너무 시린 바람
그래도 견뎌야 하는 오늘이기에
내일을 꿈꾸며
묵묵히 바람받이 한다네

언제나 그 자리에

언제나 그 자리에 있습니다
그냥 잠시 방황할 뿐

언제나 바라보고 있습니다
그냥 이렇게 고개를 숙였을 뿐

언제나 기다리고 있습니다
잠시 돌아서 올지라도
묵묵히 그 자리에

마음 깊은 곳엔 언제나 그대가
자리하고 다독다독
외롭거나 슬플 땐 토닥여 줍니다

그래도 외로울 땐
읽어 주지 않아도
보아주지 않아도
차곡차곡
그대 향한 그리움
빼곡히 적어둡니다

여기

회색빛 공간에 여기저기
전깃줄이 뒤엉키어
우주의 넉넉함을 묶어버렸다

둔탁하리만치 답답한 공기의 흐름이
흑백 사진처럼
멈추어 있는듯하다

어디서 날아온 새 한 마리
정지된 시간을 깨우고
화들짝 오늘이구나
알아차린다

마음 사랑

드디어 비가 내린다
사르르 사르르
비닐 지붕 위에 내려앉는
빗님 발자국 소리

짙은 커피향이
전체에 퍼지니

그리운 사람
찻잔에 맴돌고
어느새 하나 되어
마음 전한다

소박하고 달콤한
그대의 향기 감미롭고
미소 짓는 내 안의
사랑 황홀하다

나도 달님

달님 내려와 여기저기 배회를 하며
무심한 듯 화려한 달빛임에
마당 한가운데 너를 그리듯
내 그림자 밟고 서 있네

찬 이슬 눈물인 듯 내려오건만
어이 이 자리 마다하리오

새벽녘 달님이
미소지움에
빙그레 나도 달님
내 맘 비추리

아름다운 화음

개구리 소리가 제법 익어간다
소쩍새 소리 구슬프고
동이 트면 뒷산에서
들리는 꿩들의 화음

창가에선 작은 새들의 합창
여기가 낙원 아닌가

이렇게 평화로운
자연이 곁에 있는데

무얼 더 바라는가

교육 끝나고

동료들과 밥을 먹고
운전을 해야 하기에 아쉽게도
알콜은 다음 기회로
교육보다도
더 좋은 건 온양에 밤거리를
처음으로 걸어본다는 거다

차암 좋았다
밤새 돌아다니고 싶다

밤바람이
밤공기가
밤이슬이
너무 좋다

꽃으로 가득한 시청 마당에
한참을 혼자 앉아있었다

가로등 불이 만든
나무그림자

속닥속닥 꽃들의 대화
도란도란 들리는듯하다.

비가 내리면

비가 오는 날이면
아련한 추억 하나 생각나
움직이지 않는
눈동자에 떼그르르
아무도 모르게
빗물에 씻기우네

'그냥 추억하나 만들었네' 하고
웃어 버리기엔
하도 그리운 추억이어서
빗속에서
추억 찾아 헤맨다네

꿈속에서

꿈길을 걸었다
황홀한 길은 아니어도
기분 좋은 길

꿈속에서 보았다
뛰어가 안기지는 못해도
수줍은 가슴 뛰는 만남

조잘 조잘
쉼 없이 지껄이는 여인에게
사랑스런 눈빛을 보내는
그 사람이 고웁다

구름

구름을 이고 있는 듯
뒷산 언덕이 무겁다

우울한 물체는
여기저기 배회를 하며
금방이라도 쏟아낼 것 같은
구름은 눈물을 참는다

해님이 종종
구름을 달래주고
바람이 불어와 이리저리
구름을 몰고 다닌다

노년

동심이 놀고 간 자리
어제 그 자리
노년으로 채워지고

또 다른 동심
내일의 노년

생각과 마음만이
동심이란 것이 있었을 뿐

노년에게는
어린 시절이라고는
없었을 것만 같은
처음부터
노년이었을 것 같은
지금 이 자리

비오는 날이면

이렇게 비가 오는 날이면
생각나게 하는 사람

모락모락 커피잔에
향기와 더불어
어리었다 사라지는 사람

오늘도
지난 인연 한 번쯤
생각할 수 있는 날
되게 하여요

꽃나무 옆에서

커피 한 잔을 만들어
밖으로 나왔다

마치 흑백사진처럼
뿌연 공간 속에

제 모습 빛내는 꽃 있으니
어찌 벌과 나비 모른 채 하리오

어디선가
달콤한 향기가 날아온다
참 감미로운 시간
어찌 행복하지 않으리

아름다운 꽃
주위를 맴도는 벌
전선에 예쁜 새와
양지쪽에 다소곳이
고양이까지

기다림

오늘도 하루가 갔다
예쁜 생각에
오늘이 벅차고

예쁜 생각에
내일이 그립다

그냥 기다림의
사랑이기를

그냥 희망의
사랑이기를

언제나 외롭지 않은
사랑이기를

만남은 외로움의 시작
언제나 기다리는
사랑이기를

약속 없는 자리에
그냥 기다림이란

희망일 수도 있으니
외롭지 않으리

진달래꽃

북쪽을 향해 피는 꽃
이른 봄
또옥 또옥
골짜기 살얼음 노크를 하면
아기 진달래나무 기지개 펴고
언덕 양지쪽에 오손도손 곱기도 하지

북쪽을 향해 피는 꽃
진달래꽃
하도 예뻐 한 움큼 입에 물면은
입술은 반했는가
파랗게 기가 죽는다

가슴으로 느끼는 향기

낮 동안 햇살이
온 누리에 퍼지더니

밤하늘에 한가득 채워진
별이 쏟아집니다

초승달 저만치서
입꼬리 올려
미소를 짓고
여인들의 부지런한 발걸음
이슬마저 살포시 밟고 갑니다

별빛에 떨어지는 복사꽃
춤을 추듯 아름다우니
두 팔 벌려 꽃잎과 꽃향기
다아- 쓸어 안는 여인입니다

영혼이탈

차암 이상도 하지
이 바쁜 와중에도 생각이란 놈은
여기 저기 기웃거리니
자유로운 그놈이 문제지
한 가지 일에 몰두하지 못하고
싸다니니 말이지

차암 이상도 하지
영혼이탈도 아니고
아니다!
자유로운 그놈이 있어
살 수 있는 건지도……

낭만의 둑길

어두운 밤 둑길은 낭만의 길
조용한 개천 길을 걷는다
초승달과 개천의 야경
화려한 밤 풍경도 찍어가며
우리들의 이야기는
끝없이 이어진다

앞서서 저만치
달님이 웃고 있다

오랜만에 걷는 길
나는 이런 밤과
이런 둑길이 좋다

사랑 한다는 건

누군가를 사랑한다는 건
마음의 행복 일수도

누군가를 사랑한다는 건
마음의 외로움 일수도

누군가를 사랑한다는 건
지독한 아픔 일수도

오늘 같은 날

그냥 집에 있을 걸
무작정 차에 몸 싣고 나왔네
갈 곳이 없네
친한 친구 서너 명에게 전화를 했네
놀아달라고

다들 놀러 갔다네
서울·거제·인천·수원·대전·안성…
괜히 전화했구나
눈물이 나네

아무도 내 곁에 없는 느낌
나 왜 이런다지
어차피 인생은 혼자인 것을…

아침 출근길

안개가 장막을 치고 있다

한두 군데 혼란스럽게
돌아가는 경광등
사고가 난 것이다

마음 급한 이들
차보다 앞서가려 한다

요리조리 껴드는 놈
갓길로 질주하는 놈

꽉꽉 클랙슨 울려대는 놈
천차만별의 사람들

얌전한 나의 차만이
아침 안개 차분히 공감하며
길을 달린다
오늘을 감사하며

느낌이 있는 날

비개인 하늘이
아름답습니다

물먹은 꽃잎이
더욱 선명하여

바람은 훈풍
마음을 달래주고

이렇게 맘 고요한 날
예쁘고 아름다운
사람이 생각납니다

막둥

하늘이 캄캄하다
빗방울 하나 얼굴을 스친다
비가 오려나……

내 건너 큰 길 넘어
천안아산역사가
화려한 오색등으로 빛을 발하고
그 앞쪽으로 '펜타포드'
주상복합 빌딩도 한몫을 한다

충남에선 제일 높은 빌딩
부자들만 사는 동네

그곳에서 사랑하는
막둥이 밤 새워 근무 중

제대 후 임시로 거하는 직장
기특하고 대견하지만
안쓰러운 맘은 어미의 마음이려는가

인연

우리 어디선가
만난 적이 있나요
우리 어디선가
혹시 스친 적은 있나요

처음인데
처음인 것 같지 않음은
어쩜 같은 느낌이라서
그런 건 아닐는지

아마 이것을
인연이라 하겠지요

되어지는 대로

살아있어 좋은 날
가면 어떻고 또 안 가면 어떠하리
내 안에서 숨 쉬는 또 다른 나
그냥 흐름대로 따라가시게나

이 나이에 사랑에 빠진들
큰일이야 나겠는가

그냥 흐르는 대로
마음이 가는 대로
그렇게 살면 되는 것을
에헤야 그냥 그렇게

평범한 날

눈을 뜨면
새날이 밝았고

눈감으면
밤이 온 줄 알았네

간간이 뜨이는 눈
아침이 아니었고

눈을 감는다고
밤이 아니었음을 알았네

언제나 소중한 건 지금 이 시간
알면서도 소중함을
모른 채 하는 건

순전히 편리한 현실주의의
이기심이 아닐는지

농촌의 새벽

영롱하던 별빛 시간에 밀려
하얗게 변해버렸다

점점 밀려나는 자리다툼에
새벽은 이미 저만큼 와있었다

부지런한 농부님
두엄 실은 경운기 숨 가쁘게 달린다

그 집의 검둥이도 따라나서고
농촌의 새벽은 언제나 활기가 넘친다.

속사랑

이래도 되는 건가요
늘그막이 그대
사랑해도 되는 건가요

이래도 되는 건가요
사랑은 아픔이란 걸
알면서 이래 되는 건가요

이래도 되는 건가요.
오롯이 내 사랑이 아닌 줄
알면서 그대 욕심내도 되는 건가요

이래도 되는 건가요
후회할 걸 알면서도
그대 사랑해도 되는 건가요

늘그막이 이래도 되는 건가요.

영혼 없는 삶

미소 뒤에 감춰진 슬픔이
뭉클뭉클 목을 타 넘고

콧등 찡한 무언가가
눈을 통해 밖으로 분출된다

입가엔 미소가
눈에선 눈물이

이런 걸 보고 웃어도 웃는 게
아니라 하나보다

억울함도 노여움도 아닌
그 무엇이 이렇게 나로 하여금
마음을 무기력하게 만드는 걸까?

바람도 없고 기대도 없고
주체할 수 없는 슬픔만이

자꾸만 자꾸만
나를 수렁으로 밀어 넣는다

몸은 바쁜데 영혼은
육체 저편에서 헤매고 있다

여인에게 보내는 편지

착하고 정숙한 여인이여!
슬퍼하지 말아요
아파해선 더욱 안 되오
그대 아파할 때 옆에서
보고만 있는 이 더욱 안쓰럽다오

결코 어리석지 않은 여인이여!
어찌 어리석음을 자처하려 하나요
재물 욕심만이 욕심이 아니려니
버릴 건 버리고 지난 일에 연연하지 말아요
자신만 괴롭힐 뿐이라오

이제는 옷장 정리를 해야 할 때
헌 옷은 버리고 새 옷으로 채워나가요

과거는 과거일 뿐 섣부른 인연일랑 짓지를 말아요
그 인연 아픔 되어 가슴에 박힐 수 있으니
마음 약하고 정 많은 여인이여!

현실을 똑바로 보아요
친한 척 하여도 그대를 해 할 수 있으니
인연 때문에 아파 우는 여인이여!
울지 말아요, 아무도 그대의 사연 알 리 없고
아무도 그 눈물 닦아주지 않는다오

새벽 기도

새벽녘 뜰로 내려서니
온화한 바람이 상쾌하다

초저녁 구름은 어디로 밀려나고
휘영청 달이 밝기도 한데
밤바다 같은 파란 허공을
쓸쓸히 달님 배회를 하네

하늘을 올려다본다
오늘은 또 무슨 일이…

단 하루만이라도 아무 탈이 없는
고요한 세상이었음 하고 기도를 한다

내 존경하고 우러르는 님이시여!

그 누구에게도
아픈 일이 일어나지 않도록
살펴 주시옵소서

들풀과 함께

햇살 눈이 부시게
비닐 지붕 위에 내려앉고

재잘재잘 아가들의 조아림에
참새 떼가 서러우네

담장 옆 동면을 한
들풀 장하다고 뽐을 내고

마음속 시린 아픔
한숨으로 토해내도

또 다른 한숨 거리
그 자리를 차지하니

비우고 채우고
또 비우고 또 채우고

그것이 살아있다는
징표인가 하려네

커피향

악마처럼 시커먼 커피가
내 안으로 퍼진다

한 모금이 한 아름의
꽃향기라도 되는 양

살며시 흐뭇한 미소가
입가에 번지고

어느새 생각은 아름다운
정점으로 달린다

이 작은 한 잔에서 느낄 수 있는
단맛, 짠맛, 신맛, 쓴맛의 오묘함

어찌 말로서 표현하리
음미 하고 난 다음의 기분과
맛과 향기를…

담배연기

담배연기가 둥둥 허공을 떠다닌다
쉴 사이 없이 둥둥

미처 만들어지지 못한
잔재들이 호흡기를 통해
내 몸 안으로 들어오고

유리창 문을 활짝 열어놓고
잘한다는 듯 연신
잔재와 함께 허공으로 뱉어낸다

본연을 잊을 듯한 나의 영혼은
인내를 인내한다

천사들의 놀이터

재잘재잘 까르르
천상의 음악 소리

놀이터 잔디가
간신히 고개를 내민다

아가 천사들이 짓밟아도
빙그레 다시금 고개를 든다

울타리 라일락 아직은
남의 일인양 꿈쩍도 안 하고

나는 항상 이렇게 여기 있었다오
소나무와 사철나무 심통을 부린다

뒤쪽 벗나무 히쭉이 입을 읊조리고
슬며시 은행나무 뭉뚝한 가지 움이 트인다

측백나무 사이사이
새들의 사랑놀이
함께 신나고

이제 들어갈 시간
아가 천사들 헐레벌떡
뛰어 들어온다

강가에서

바람이, 햇살이
호숫가 물결 살짝 엿 보기를 한다

반짝반짝 잔잔하게
일렁이는 물결이 아름답다

음악을 타듯 그렇게
윙크를 하듯 그렇게

은비늘 널어놓은 것 같은
호수가 아름답다

거기 호숫가
강태공은
무얼 낚느뇨

어디 세월이야
낚기리오만

아름다운 바람 햇살은
내 마음 낚는 것 아니겠소

봄을 맞으며

먼 산에도 야산에도 봄눈이
흘러내리고
개천가 둑 언저리엔
햇살 내려와 보듬을 때
아지랑이 아롱아롱
대지를 유혹하네

버들가지 살얼음
부여잡고 잘 가거라
인사함에
오호라 어느새
그 얼음 수액 되어
갯버들 이루어라

이른 봄날 아침

마루문을 여니 아침 햇살이
눈이 부시게 반긴다
안마당은 촉촉이 젖어있고
지붕 위엔 하얗게 눈이 덮여있다

아마 밤에 내리던 비가
눈으로 바뀌었나보다

간밤의 분위기는
어둠과 함께 사라지고

예쁜 아침 햇살이
아직은 엷은 봄님과 동행을 했다

좀 있다가 재 넘어
마늘밭을 가볼 생각이다

싹이 나왔을까?

봄은 이렇게 오고
또 간다

아가들의 낮 잠시간

새근새근 아가들이 낮잠 잔다
봄은 아마 아가들 코끝에도 와있을 게다
꿈결 같은 감미로운 음악이 흐른다
아가들의 꿈속 나들이 즐거우라고
햇살이 눈부시게
아가들을 훔쳐본다

커튼을 내린다
해님일랑 잠깐 창밖에 세워두고
아가들이 소곤소곤 새근새근
봄나들이 꿈길 여행을 한다

영혼 실은 열차

넋을 놓고 앉아있는 이 누구뇨
연녹색으로 채워진 논엔
황새 두 마리 한가로이 노닐고
논두렁 베고 누운 약 먹은 누런 잡초들
비비 꼬여 갈증 나는 모습이로고

나무 그늘에서
그들의 요령 소리 들으려니
짹짹 새 한 마리 기막힌 울음 울고
쾅쾅 문 여닫는
차주인 무례하기 그지없네

멀리 서울행 열차 지나가니
아련한 추억 하나 맨 뒤 칸에
짐짝처럼 실려 보내리

어느 곳에 풀어놓을지
보고듣는 이 없겠지만
나의 영혼 날아가
떨구어놓은 옛이야기
받아 적으오리다

때로는

때론 짙은 안개가
좋을 때도 있다
초라한 내 모습을 감출 수가 있어서

때론 비가
고마울 때도 있다
흐르는 눈물을 감출 수 있어서

이렇게 나를 자꾸만 숨기려는 건
어쩔 수 없는
마음의 병이련가 하네

장미꽃이 피기 전에

아직은 덜 핀 앞집 담장 장미 덩굴
한둘 피어나
바깥 소식 들려주니
모두가 너나없이
앞 다투어 망울이 지네

아직은 아니 핀 꽃
향기 내게 남겨주고
내일 날 다시 보세
슬그머니 담을 타고 넘네

지는 꽃잎

아침 바람 살랑살랑
꽃잎에 입맞춤 하면
나풀나풀 손짓하듯
맞이하는 꽃잎의 예쁜 몸짓
살포시 의자 위에 누워 숨 쉰다

안개비 꽃나무에 쉬어갈 때에
젖은 듯 고운 꽃잎
바닥에 내려앉으매
바람 소리죽인 발자국
꽃잎 향기 슬며시 거두어간다

실개천의 봄

안개인 듯 연무인 듯 뿌연 공간이
봄빛 속에 기지개를 켠다

조그만 실개천 둑에
아낙들의 웃음이 퍼지고

냉이랑 달래랑 쑥도 한 움큼
이미 냉이는 꽃이 피었네
달래와 쑥은 겨우 고갤 들었다

둑길 양옆으로 서 있는
몇 년 안 된 벚나무도
비몽사몽 실눈을 뜨고

겨울의 아쉬운 여운이
아직 실개천 갓길에
숨어있나보다.

탄생

눈부신 햇살이 온 누리에 내려오고
천사들의 축복소리
천하에 퍼지더니
또 다른 천사가 탄생하였네

주위의 모든 이들
축하의 멜로디
사랑의 목소리
멀리서부터 가까이까지
아, 형용키 어려운
감동의 물결

사랑한다, 사랑한다

밤의 소리

밤 그늘에 뒷산 내려와
마을을 안았다

별빛에 솔잎 향 실어
마을 곳곳 심어놓고
고단한 몸 편히 쉬라
창틈으로 넣어주네

이따금 적막을 깨우는
밤바람 소리

이 밤도 뒤척이며
밤의 소리에 귀 기울이네

여인과 달님

땅금이 지난 새벽녘
하얀 눈빛에 그을린
초라한 달빛아래
내 그림자 밟고 서네

둘둘 감아올린
털목도리보다
긴 머리카락 온기에
입김마저 숨어들고

또 다른 여심의 눈동자에
빛 고운 달빛이 서리어라

가슴에 고이는 눈물

어둠이 내립니다
허전하고 외로운 가슴에
어둠 속에서 자라나는
그리움이 찾아옵니다

눈물이 납니다
그도 나처럼
눈가엔 이슬이
그렁그렁 하곤 합니다

우린 마주 보고 말을 못합니다
웃으며 이야기를 하면서도
눈을 볼 수가 없습니다

허공을 봅니다
맘을 알고 있나 봅니다
커다란 눈에
고인 눈물이 나를 바라봅니다

구슬 같은 물방울이
볼 타고 흐릅니다

그래서 우린
마주 보고 이야기를
할 수가 없습니다

모르는 것들

창공은 어쩌자고
저런 빛을 내게도 주는 걸까
내 안의 색은 무슨 색일까
내 맘도 어쩜 청명한 색일지 몰라
맑음 깨워주는 이 없다면
어쩜 붉은색으로 변할지도 몰라
연보라 연초록으로
채워지길 바라는 욕심쟁이
아무런 욕심도 사심도 없는 줄 알았는데
이미 싹 터버린
무언의, 무심의 쟁이들이 틀어쥐고 앉아
조종하는지도 몰라

그믐밤과 초하루

그믐밤은 별들만이 각자 빛나고
밤의 흔적 소리 없이
이슬 되어 마른 잎에 내려앉네

어떤 영혼, 그믐밤처럼 깜깜한 허공을 헤맨 듯
마음의 갈피를 찾지 못하더니
그믐밤은 별들만이 제 몸 사르고
앙상한 달맞이 꽃대
사각대는 소리조차
그믐밤의 어둠이 삼켜버리네

산골의 그믐밤은 적막강산
별빛마저 다 타버린 듯
고요만이 흐를 때에
옆집 엄가네
누렁이도 숨어 잠 자네

깊어가는 그믐밤
저기 유난히 빛나던 별님
낮달 찾아가려는가
조금씩 조금씩 퇴색해가고
그믐밤은 밀려나
낮달 고이 모셔온 초하루의
여명이 밝아오네

가끔은

가끔은
나도 흐트러지고 싶다

가끔은
나도 술에 취해보고 싶다

거울에 비치는 저 여인을 보고
가끔은 말해주고 싶다

"괜찮아 지금껏 잘해왔어
이젠
여인이여 소리쳐도 돼
소리를 내 울어도 괜찮아"

돌아서면
아니지 아직은…

흐트러져서도
술에 취해서도
소리를 내 울어서도

아니지
지금 이대로가 나인걸

나른한 어느 날의 오후

창밖에 내리는 햇볕이 따스하다
한 무리의 웅장한 들오리 떼

군무를 추듯 집 앞
넓은 논을 한 바퀴 휘돌아간다

양지쪽에 웅크리고
앉아있는 길고양이

반짝반짝 노려보듯
한곳만을 주시하고
길고양이만의 경계와 휴식인가

현관문을 열었다
보이는 것과는 정반대로
바람이 제법 쌀쌀하다

오후에 나른함은
누구나 마찬가지인가보다

들오리 떼 군무로 몸을 다지고
길고양이 양지쪽에 휴식을 하네
나는 찻잔들과 바깥 풍경을 감상한다

차가운 날

내일로 달려가는 시간은
잔뜩 웅크린
차가운 밤공기를 안고 간다

내일 아침엔 많이 춥겠구나

밤바다 같은 검푸른 하늘에
초롱초롱 빛나는 별빛이
뜨락으로 쏟아질 듯
유난히도 빛을 발한다

드르륵 마루 문 열고 뜰로 내딛는
발아래 댓돌이 시리다

가지런히 놓여있는 신발들이
옹기종기 잠들고

마당 한가운데 별빛 내려와 노닌다
맑고 파랗게 질린 듯한 하늘이 있어

내일 아침엔 많이 춥겠구나

마중물

한 바가지 내 몸 살라
땅속 깊이 내 님 마중

나는 님의 마중물이 되려 하오
힘겨울 땐 손 내밀어 잡으시구려

나는 님의 마중물이 되려 하오
깜깜한 길 동행이라도 하렵니다

나는 님의 마중물이 되려 하오
지치고 힘이 들 때
내 어깨를 내어 주리다

나는 님의 마중물 되려 하오
한 바가지 그 물마저
증발하고 없다 해도
나는 님의
마중물이 되려 하오

거리의 악사

악기 하나 둘러메고 집을 나선다
내면의 숨결 악기 속에 묻어두고
또 다른 나를 탄생시킨다

거리의 기쁘고 슬픈 사연
화음 속에 묶어
또 다른 기쁨으로 승화시킨다

악기 접어 악기집에 고이 넣고
수줍은 본연의 모습으로
다시 제자리 찾아온다

언제나 나의 모습 변함없이
그렇게 거기 서 있다

악기를 둘러메고 집을 나선다

거북이 놀이

바스락바스락 수숫잎 뒷밭에 놀고
들깨 꽃 하얗게 쏟아져
익을 날 머지 않았네

어릴 적 이맘때
수숫잎 따서 거북이 옷 만들고

거북아, 거북아 놀아라

큰 마당 골목길 뛰어놀던 때
모두가 그리운 옛날
올해는 고향 들녘
한 번쯤 들러봤으면

여인의 행복은

구름 사이로
보이는 햇살 있어
마음 또한 밝을 수 있나 보다

찻잔 밖으로 퍼져나는
차향기는 이런 날
멍하니 생각 잃은
나를 깨워준다

깊이 음미할 수 있는
차향기가 있어 행복하다

차향기 보낼 수 있는
그리운 사람이 있어 더 행복하다

이런 감정 느낄 수 있는
나는 행복한 여인!

오늘

서서히 창문의
베일이 벗겨집니다

고철이 지나가는
길목이 밝아지고

희뿌옇게 마을 입구로
빛이 날아옵니다

앞집 뒷집 견공들의
기지개켜는 소리가 들립니다

이제 나도 자리를 추스려야지
오늘도 나에게 주워진
새날을 배신하지 않으려고
예쁘고 알차게 오늘을 살렵니다.

소서

밤은 내일로 치닫고 있다
소서 오늘부터
더위가 시작된다는 날

그러나
이미 더위는 시작되어 있었다
웅웅 창틀 위에서
선풍기가 운다

맞은편 창문에선
제법 시원한 바람이
방안 공기를 휘돌아 나가고

아직 비구름은
다 쏟아내질 못했나보다
어두컴컴한
창밖 하늘이 무섭게
다가오는 것 같다

해넘이 시간

해넘이 시간
절절한 그리움이
석양과 함께 가슴으로
밀려든다

지난 추억이
향수가
먹먹한 그리움으로

눈 감고 떠올리면
그 옛날 냄새가 아직도
나의 가슴으로 스며든다

노을 뒷산 언덕 보리밭
소몰이 낙숫물 사랑방

잔잔한 향수가 끝내는
가슴으로부터 올라와
콧등을 적신다

해넘이 시간이 제일 외롭다
그리고
그립다

나무 대문

삐거덕삐거덕
바람 손님 찾아와
대문을 들랑날랑

나무 대문, 힘에 겨워 신음을 하네
우리 집은 나무 대문
나갈 때 들어올 때

잘 댕겨오소
잘 다녀왔소

삐거덕삐거덕
인사를 하네

하얀 민들레 찻집에서

둥그런 보름달
날 따라온다

달님 살짝 밖에 두고
'하얀 민들레'란
찻집에 들렀다

잔잔한 음악과 차향기는
여심을 사로잡았다

찻잔을 가운데 놓고
우린 이야기 꽃을 피운다

성격 좋은 내 친구
무슨 말을 해도
허허하하
날 보고도 그렇게 살란다

새들의 노래

기분 좋은 오늘입니다
매미소리가 제일 먼저 귓전을 간지럽히면
뒷산 이름 모를 새들도
열심히 노래하고
산비둘기 장단 맞추어
이쪽저쪽에서 주고받으며
구구댄다

참 좋은 오늘입니다
마치 새들의 축제인양
새소리로
이 아침, 덩달아 분주합니다

어느 날

보이는 한낮보다
느끼는 한낮은
훨씬 무덥다

방바닥에 누워
파란 하늘을 본다
창틀 넘어 서까래에
줄긋는 전깃줄

가느다란 나뭇가지
살랑이는 바람에
살짝살짝 손짓하듯
방안 살핀다

무료한 한낮인 듯
눈꺼풀 무겁고
눈치 살피는
옆지기가 부담스럽다

미안합니다

미안합니다
숨 가쁘게 뛰어가 수줍은 미소로
스치듯 그대 손길 사알짝
스쳐볼 것을…

미안합니다.
예쁜 말, 좋은 말, 아낌없는 찬사에
감사해야 할 것을…

못 믿음이 아니라 아직은 아니라고
나를 다독입니다
아니 내 몸이 나를 막아섭니다

고양이

해는 서쪽으로 돌아서는데
대지 위 열기는 두고서 가네

살금살금 길고양이
안마당으로 숨어들고

집 나간 고양이
영 보이지 않네

기다리는 맘
아랑 곳 없이
자취를 감추었구나

달맞이길

초생달 따라오며 친구 하자네
소곤소곤 속닥속닥
주고받는 말

쓰르라미 목청 돋워 노래 부르고
가을은 아직 먼 것 같은데
이미 가을은 와 버렸나보다

달맞이 꽃향기 한가득 둑길 수놓고
그 향기에 취해 양팔 벌려
한 아름 향기를 담는다

- 2016년 8월 9일 산책길에서

가을밤에

가을벌레소리가
저렇게도 청아했던가?
저렇게도 슬피 울었던가?

오늘따라
착잡함은 왤까?

아마 오늘밤은
새워야 될 것 같다

풀벌레 소리에
마음 달래가면서

아무리 더워도
아무리 힘들어도
계절은 오고 간다

시계 바늘은 멈추지 않으니
지구도 멈추지 않고
돌아간다.

- 2016. 08. 09. 새벽 잠 못 이루며

동창

동창 모임에 왔다
만만한 친구들
소맥 한잔에 마음이 풀린다

호호 하하, 즐거운 대화들
2차는 찻집
여인들의 수다에 시간은 죽어가겠지
늙었는 데도 그대로란다

친구를 보는
맘과 눈은
늙지를 않나보다

아직은 여인이고 싶다

머리가 백발이다
그렇다고 그냥 내버려 둘 순 없다
아직은 여인이고 싶으니까

억센 말이 툭툭 튀어나오려 한다
그러나 뱉어버릴 순 없다
아직은 고상한 여인이고 싶으니까

힘없이 다리는 팔자로 가려 한다
그러나 퍼져선 안 된다
아직은 우아한 여인이고 싶으니까

잠에서 깨어

한잠을 자고 깼다
날이 샌 줄 알았는데
어제에서 겨우 문턱을 넘어왔네

귀뚜라미 울음소리
한결 청아한 걸 보니
이미 가을이 왔구나

이제는 무얼 할꼬
잠님은
이미 저만치 가버렸으니…

새벽

귀뚜라미는
또르르 또르르
단잠을 깨우는데

아직도
새벽 더위는
물러나질 않는다

또 다시 새벽 그리움이
밀려오고

어떤 이의
생각에 마음이 설렌다

작은 마음

혹시 내가
당신의 마음을
무겁게 한 건 아닌지

혹 안쓰러운
맘일랑 두지 말아요

손끝 하나 스치지 않았어도
그대의 목소리 하나로

무언가
뭉클뭉클 가슴을 타고 넘어
전신을 짜릿하게 하는걸 보면
분명 아픔은 아닌듯 합니다

마음 하나 간수 못 해 안절부절
자꾸만 감추려 하는
못난 마음이
애처롭기만 한 거지요

누군가
새벽 기도를 가나 봅니다
컹컹
고요한 시골 마을을 깨웁니다

인연

인연이란 연결고리에서
멀어질 순 없는 걸까

또 다른 인연이란 또 다른 연민
소소한 인연을
만들지 말자

좋은 인연이든
나쁜 인연이든

인연은 기쁨 뒤의
슬픔이며 아픔인 것을…

산책하는 길

모두 어디로 떠나셨는가
산책로가 한가롭다

실개천 물오리 떼만이
여유로이 떠다닐 뿐
한적한 이 길을 홀로 걷는다

이따금 달님이 빛을 내어주며
어두운 길 함께하자
손을 내민다

- 2016년 8월 15일 산책길에서

하도 그리워

그립다 생각나니
하도 그리워
두 눈 꼭 감고
꿈 찾아가리

헤매어 찾아봐도
뵈질 않네

에헤라
차라리 낮에 뵈온
그 체취 더듬어
생각이나 하려 하네

가을 들녘의 속삭임

가을햇살 이만큼 내려와
벼잎에 입맞춤하면

새록새록 나락 익어 가는 소리
메뚜기 떼 은빛 날개

풍년가에 추임새로
흥겨운 가을 놀이 무르익는다

잘 배웠소 잘 익었소
고개 숙인 나락들의 몸짓

농부님들 피와 땀이
고스란히 배어있고

어제인 듯 오늘이
내일인 듯 오늘이

사뭇 정겨운 농촌의 풍경들

자신을 사랑 하는 방법

언제나 착각 속에 살았다
이제야 조금 눈이 뜨이나보다
나를 사랑하는 법

얼굴만 토닥토닥
사랑이 아니었음을
옷매무새만 쓰담쓰담
그 또한 사랑이 아니었음을

어느 님한테 배운다
나를 사랑하는 법을…

가여웠다
눈물이 났다
사랑하지 않았구나
아니, 혹사를 시켰구나
사랑하는 방법을 몰랐구나

나에게 미안하다
이젠 제대로
사랑해보자
나에게 감사하며 살자

- 2016. 8 18. 산책중 어느 님과 대화중에 느끼다

겁쟁이

겁쟁이
말도 해보지 않고
미리 겁부터 먹는다

오늘이 1박 2일
전남 장수로
색소폰 페스티벌 가는 날

분명 못 가게 할 거란
추측만으로
고민 고민을 한다

새벽 4시 30분
출근하는 남편이 말한다

"오늘 갈 거야?"
"네에"
"어떻게 하려고…
허리가 그렇게 아파서…
차는 뭐 타고 가?"

걱정스러운 말투다
잘 다녀오라며
여비까지 챙겨준다

산사에서

산사에 갔다
고요하다 못해 적막하기까지

땡그랑 땡그랑
바람이 들려주는 풍경 소리 있어
마음은 이미 부처님 품 안에 있네

비구스님 사찰 내 잡초를 뽑고
내 아우님 열심히
연등 검열을 하고

나 혼자 산속 산책길
고요하기도 하여라

아름다운 외박

장수 색소폰 페스티벌
하늘은 파랗고
모든 것이 아름답기만한 날
결혼 37년 만의 외박이다
연주보다는 외박이라는 것에
더 마음이 설렌다

아름다운 연주가 끝나고
파티가 시작되었다

파티는 끝났지만
여운은 가시지를 않는다
그 황홀함에 잠을 설친다

일찌감치 새벽 산책길
다른 세계의 풍경인양
어제의 행복함과 새벽의 싱그러움이
또 한 번 마음을 들뜨게 한다

이슬 내린 잔디밭
찬 이슬 머금은 듯한 꽃
부드러운 새벽공기
핸드폰 넘어 들려오는
사랑스러운 목소리까지
차암, 감미로운 날이다

전철 안의 분위기

전철 타기
설렘을 간직한 채
이제 전철은 두 번째 시도

처음은 수원까지
설렘은 여전하다

저만치 열차가 들어온다
기적 소리 대신
'따르릉따르릉 비켜나세요'
참 귀엽다

전에나 지금에나
무표정한 사람들

연세 드신 어르신 몇 분 빼고는
모두가 스마트폰 삼매경

주위를 두리번두리번
나만 바쁘다

초하루

초하루의 새벽은
또 다른
한 달을 잉태하고

나의 마음은
차향기속 내일을 꿈꾼다

음력 팔월 초하루

버리고 싶은 마음

오늘도 지샌다
가을벌레 울음소리가
오늘따라 처량하다

그 소리도
생각도
모두가 내 맘 속에 있는 걸

지금 난
착잡한가보다
청아한 소리가
슬프게만 들리는 걸 보면

아무 것도 아닌 일을 가지고
목청을 돋운다

이해하자면서도
순간 나의 목청도
화를 내고 있다

무엇을 염려하고
무엇을 아까워하랴

내 맘 자리가
이렇게 지옥인걸

모름으로

보배를 가지고서도
가진 줄을 모른다

내 잘못은 안 보이고
남의 잘못만 보인다

숨을 쉬면서도
산소가 고마운 줄
모르듯
무엇이든 당연한 것으로 안다

- 2016 9. 2. 새벽 3시40분

오늘185

어둠

불을 켜지 않았다
깜깜한 사각 벽 안에
우두커니 아무 생각 없이
앉아있다

주위만이 어두운 게 아니라
마음도 캄캄한
어둠에 묻혀 버렸다

어릴 적 깜깜한 방에
혼자 남았을 때처럼
무섭고 두렵다

아픈 사랑

아픈 사랑이다
어찌할 수 없는 아픈 사랑
그 사람은
아니라 하는데
내 눈에는 아파 보인다

안타까운 사랑이다
예쁨만 받아도
모자라는 내 사랑
내 모든 것을
다 주고 싶은 내 사랑

아프고 안타까운 사람
똑똑하고 정의로운
그 사람
보듬어 사랑하고픈
그런 사람

베풀 줄 모르는
사랑할 줄 모르는
사랑받을 줄 모르는
그들이 불쌍하다

돌아봄

돌아보면 모두가 아픈 마음
못나서 아프고
잘나서 아프고
너무나
사랑해서 아프고
미워서 아프고

이제는 모든 것을
사랑으로 승화하려니
비우는
마음부터 알아차리자

밤의 여심

어둠은 대지 위에 내려오고
고요 또한
마음을 잠재우려한다

풀벌레 소리 더욱 청아하니
여심은 긴 밤을 지샌다

서산 멀리 기울어진
초승달은
가느다란 그림자로
여운만이 남아 주위를 맴돈다

탈피

산다는 건 뜻대로
되지 않는 것

아무리
좋은 방법을 가르쳐줘도
용기 없는
나로서는
엄두를 못 낸다

생각하는 나의 머리는
한정되어 있으니
이런 나를 답답하다 말한다

그럴 수 있다
그들은 내가 아니니까

이럴까 저럴까
망설이다 세월만 흘렀다

매미가 탈피해서
목청껏 노래하듯
나에게도 그런 날이 올까?

명절

명절을
반기는 이 얼마나 될까?

외로운 사람을
더욱 외롭게 하는 명절

멍하니 앉아
황금 들녘을 바라본다

모를 외로움이
아련한 추억
그 모퉁이를
돌아가는 듯하다

가고파도 못 가는 사람들
가족이 있어도
있으나 마나 한 사람들

그들이 겪는 외로움에
내 마음 한편엔
아픔이 서린다

- 2016 9. 13 추석명절을 앞두고 그 사람을 생각하며

밤과 나

어둠이 내리듯
그리움은 언제나
그렇게 마음 깊은 곳으로 파고든다
별 하나 보이지 않는 밤하늘은
이미 나와 하나가 되어 있었다

깜깜한 밤길을 걷는다
빛이 없어도 찾아가듯
쓸쓸한 마음을
채우기라도 하려는.양
한 줄기 빛이 마음으로
스며들었다

192 오늘

눈물

시큰한 것이
가슴에
하트 모양으로
퍼짐을 느낀다

그리곤
콧등을 타고 올라와
눈물 되어 흐르고

다시금 더 큰
시큰함이
목을 타고 넘는다

그것은
전신으로 퍼지고
무언지 모를
아픔이, 슬픔이
꺼이꺼이
흐느끼는
신음 소리가 되어

마음은
더욱 혼미한
나락으로
떨어진다

해오름

건져 올린 작품 하나
온 누리에 퍼지는 벅찬 사랑
내 모든 걸 다한대도
아깝지 않을
대자연의 사랑

아름답고 숭고한
그대 어우르는 빛 있으매
퍼내고 퍼내도
진정 마르지 않을
아름다운 사랑이어라

사랑이란 건

별이 쏟아집니다
내 안으로
내 품으로

사랑이 아마
이런 건가 봅니다

바람이 살갗을 애무합니다
깃털 같은 부드러움으로
사랑받는다는 것이
아마 이런 기분인가 봅니다

세상의 우주가
내 안에 있습니다
싱그러움도 달콤함도

사랑의 힘이 아마
이런 건가 봅니다
사랑으로 모두를
보듬어 주려 합니다

세상 모두가 행복하길 바라며

심신의 맘

개구리 울음소리 한결
청아한 고요한 밤

아, 예전에도
그 예전에도 이랬겠구나

맘 둘 곳 찾아
뎅그렁
풍경 소리 그윽하고

자비의 미소 깃들어
평온한 산사

부처님 계신 그곳으로 갑니다

누구나 부처라 하지만
어디 부처의 맘 내기가
그리 쉬운가

- 2016 초파일 전야에

기도

맘 평안한 밤이기를

햇빛 찬란한 아침이기를

아름다움 가득한

오늘이기를…

미운 세월

3분 후면 내일
곤한 숨소리에 귀 기울인다

고단하겠구나
힘이 들겠구나

신음하듯 들리는
코 고는 소리에 마음이 짠하다

한참을 내려다본다
얼굴 한번 만져보고
머리도 쓰다듬어 보고
베개도 고쳐 베어주고
이불도 다독여 덮어주고

37년 속만 썩이던 사람인데
그래도 바라보면 미움보단
안쓰러운 마음이
지난날 모두를 보듬고 있다

가을 저녁 풍경

스산한 가을 저녁
바람은 사정없이
대문을 흔들고
구석구석 찾아드는
초저녁 어둠은
시골의 낭만을 더한다

탈탈탈 경운기
앞마당을 지나고
타작하고 돌아오는
지친 농부는
전신이 고단하다

도리깨질 하는 여인

뜨거운 가을볕 아래
여인의 도리깨질 하는 모습이
아련하게 보인다

그 옛날 아주 어릴 때 보았던 보습처럼
흑백 사진을 보는 듯
정겹다기보다는 서글픔이

그 시절 배 고파 하는 아이를 옆에 두고
표정 없는 얼굴로
도리깨질하시던
어머니들의 고단한 삶 같은…

막둥이 아들

가을로 들어선
초저녁 날씨가 제법 차다

알바를 마치고
삐거덕 대문 안으로 들어선
막둥이 대견하다

내년 복학을 앞두고
학비를 벌어보겠다고
새벽부터 일터로 간다

에미의 마음이야
어찌 표현하랴마는

세상을 ,
사회를 배우는 과정

어려운 일, 힘든 일도
배워야 하겠기에
응원과 격려로 대신한다

의심

아무리 흔들어도
미동도 않은 채
그 자리에 있었다

무엇을
못 미더워 하는 건가

그건 아니어라
걱정인 거지
그냥 기우

결국은
자신을 못 믿는 건가?
자신의
불안정한 마음을…

그냥
놓아버리고 살자
걱정도 지나치면
아니함만 못한 것을…

외가

11월, 오후 햇살 산 아래로 내려오니
산 그림자
동네 어귀에 걸쳐있네

군불 때던 외갓집
굴뚝 사라진 지 오래
"아가 왔구나"
뛰어나오시며 반겨주시던
외할머니
어언 백골이 되었을 터
엊그제 그 길 따라 떠나신
외삼촌이 그립다

친구

즐거운 웃음소리
호호하하

무엇이 그리 재미난지
그저 서로 바라보고 웃는다

이것도 먹어보시게
맛난 거 그릇에 놓아주고
또 웃고

우리
아프지 말자
자주 만나자
다짐도 하고 위로도 한다

그렇게 친구들은
어린 시절을 그리며
즐거워하고

서로의 건강을 빌어준다
차암 좋은 최고의 친구
최고의 시간이다

의미

삶의 의미, 자유의 의미

속박의 의미

사람답게 사는 법…

마치 퇴색해 버린 나의 삶 같다

아니 퇴색해버린 삶이었다

낯설움

결혼 후 처음으로 낯선곳 낯선방에
혼자 누워있다

잘한 거겠지?
수 십년을 나라는 존재도
모른 채 살아왔으니
이제라도 나를 찾고싶다

모두들 응원한다
고마운 사람들
고마운 친구들

- 2016년 11월 19일 천안집에서